LES
CONTRE-AVIS

AUX
CONTRIBUABLES,

AUX ÉLECTEURS ET A LA FRANCE,

RÉPONSE SATIRIQUE ET EN VERS

AUX DEUX AVIS DE M. TIMON.

> Vous êtes avertis, allez !
> TIMON, *Avis aux contribuables*, p. 46.

Prix : 30 cent.

A Paris,

CHEZ TOUS LES LIBRAIRES

ET LES MARCHANDS DE NOUVEAUTÉS.

—

1842

Typographie de Vᵉ Doudey-Dupré, rue Saint-Louis, 46, au Marais.

LES
CONTRE-AVIS

AUX

CONTRIBUABLES,

AUX ÉLECTEURS ET A LA FRANCE,

RÉPONSE SATIRIQUE ET EN VERS

AUX DEUX AVIS DE M. TIMON.

Vous êtes avertis, allez !
TIMON, *Avis aux contribuables*, p. 46.

Prix : 30 cent.

A Paris,

CHEZ TOUS LES LIBRAIRES

ET LES MARCHANDS DE NOUVEAUTÉS.

1842

1

A son char aristocratique
Le vicomte de Cormenin
Met son Timon démocratique
Et déjà le lance en chemin,
Et ce grand maître des requêtes,
Pour mieux illustrer son blason,
Vous invite par d'humbles quêtes
A vous atteler au Timon.

Allez, sans tarder davantage,
Par ce Timon républicain
Traîner le superbe équipage
Du vicomte de Cormenin.

2

Très-prompt à jeter le scandale
Dans tout ce qui germe et grandit,
Il vient dans l'urne électorale
Nous jeter un lourd déficit ;
Ce grand Mirabeau pamphlétaire
Nous donne un déficit parfait,
Car, sans effort et sans mystère,
C'est dans sa *tête* qu'il l'a fait.
Allez, etc.

3

Pour vos quinze sols de dépense
Procurez-vous ce double *avis*
Qui de tout impôt vous dispense
Si tous vos biens vous sont ravis ;
Timon vous le dit en bon frère,
Il ne cherche que votre bien ;
Son œuvre en fait foi, je l'espère,
Car elle ne vous apprend rien.
Allez, etc.

4

Dans des chiffres indéchiffrables
Posés au hasard et sans lois,
Il vous dit, chers contribuables,
Ce que l'on vous a dit cent fois :
La dépense fond la recette
Et trois fois la dépassera,
Et toujours grandissant la dette,
La banqueroute arrivera ! ! !
Allez, etc.

5

Plus loin, cet éloquent Barême,
Toujours en homme du progrès,
Se prend d'un courroux extrême
Dès qu'on avance avec succès;
Il ne veut pas que l'on bâtisse
Ni que l'on trace des chemins :
Il veut que la mort les saisisse
Pour faire marcher les humains !
Allez, etc.

6

Nommez gens probes, économes,
Nous dit ce chef des niveleurs,
Comme si nous étions des hommes
A leur préférer des voleurs.
Sur un tel ton oser poursuivre,
C'est froisser notre probité,
Et c'est ainsi que ce beau livre
Couronne son iniquité ! ! !
Allez, etc.

7

Mais ce ne sont point ces pensées
Qui préoccupent ses esprits,
Ces âmes probes et sensées
Elles vivent dans ses écrits :
Ce sont d'honnêtes coupe-têtes
Qu'il vous conseille de choisir;
Car c'est du sang que dans leurs fêtes
Ils veulent tous boire à loisir.
Allez, etc.

8

Ah ! je vois bien le but du sire !
En attaquant notre budget,
C'est pour le sien qu'il prend la lyre,
Voilà son sublime projet.
Sa belle plume démocrate
Sait que ces coups sont superflus ;
Mais sa pensée aristocrate
Sait qu'elle aura votre or de plus.
Allez, etc.

9

Nommez des Théristes profanes,
Ogres politiques des temps,
Ou des savants ou bien des ânes,
Pour vos nobles représentants ;
L'homme à double nom, double face,
Se moque fort peu de ce choix ;
D'argent emplissez sa besace :
Voilà le but de ses exploits !
Allez, etc.

10

A des princesses, à des princes
Refusez la dotation,
Refusez les droits les plus minces
Aux saints vœux de la nation ;
Mais, morbleu ! si jamais vos bourses
N'ont rien pour l'état qui vous sert,
Versez vos dernières ressources
Entre les mains de qui vous perd.
Allez, etc.

11

Par l'impôt l'état vous ruine,
Dit-il, il vous accorde tout ;
Sous le règne qui l'illumine,
La France fleurit de partout.
Pour conserver l'or, sainte idole,
Vous faire à tous un sort plus beau,
Ne payez pas la moindre obole
Et plongez-vous dans un tombeau !
Allez, etc.

12

Écoutez tous, gens de ce monde ,
Artisans, pauvres laboureurs,
Écoutez tous la voix féconde
Du grand sauveur des sauveurs :
Vous pensez tous que sur la terre
« Il faut semer pour récolter. »
Eh bien, non, c'est tout le contraire,
Il faut... il faut se révolter !

Allez, sans tardez davantage,
Par ce Timon républicain
Traîner le superbe équipage
Du vicomte de Cormenin ! ! !

13

Ce grand philanthrope refuse
Un droit rempli de sainteté :
Celui de visiter la ruse
Pour affranchir l'humanité ;
Mais il exige qu'au plus vite
Dans vos coffres toujours ouverts
Vous lui donniez droit de visite
Sur vos trésors qui lui sont chers.
Allez, etc.

14

En vain vous me direz peut-être,
Pour mieux me traiter d'imposteur,
Que vos rentes qu'on doit connaître
N'ont pas besoin de plus d'ampleur;
Car nous savons que les richesses
Toujours, toujours veulent grandir,
Et qu'il n'est point d'âpres bassesses
Qu'on ne fasse pour les saisir.

15

Et nous savons, hélas ! encore
Que le talent, toujours pressé
Par une soif qui le dévore,
Se croit toujours trop bas placé,
Et que pour parvenir au faîte
Et des honneurs et du pouvoir,
Souvent l'homme le plus honnête
Franchit les bornes du devoir.

16

Sacrificateurs, pleins d'audace,
Et des traîtres et des bouffons,
Venez, Boileau, venez, Horace,
Me souffler tous vos noirs poisons;
Venez, venez armer mon ire
Et du fouet et du marteau,
Pour cingler cet être à satire
Et le clouer sur le poteau.
Allons, sans tarder davantage,
Sur ce Timon républicain
Briser le superbe équipage
Du vicomte de Cormenin.

17

Oui, je le dénonce à la France :
L'ambition, la soif de l'or
Et la plus coupable vengeance
Vous donnent seules leur essor ;
Peu vous importe que périsse
Ou triomphe le genre humain,
Pourvu que votre main saisisse
Le couperet républicain.

18

Oui, dans ces jours de catastrophes,
De troubles et d'embrasements,
Vous voulez par vos apostrophes
Faire pâlir les éléments ;
Et bien donc vous aurez la vôtre,
Mais pour vous briser en chemin,
Oui, nous aurons brûlant l'apôtre
LA CATASTROPHE-CORMENIN.

19

Par vous la paix est festoyée,
Mais non la paix en déficit,
Aux bras liée, aux pieds liée,
Sans fécondité, sans crédit :
Pour qu'à vos yeux elle ait des charmes,
Comme l'amante des lions,
Il faut qu'elle porte les armes
Et fume et boive des canons !!

20

Mais vous voulez que cette amante,
Sans armes devant des Prussiens,
Porte une hache sanglante
Pour frapper vos concitoyens,
Qu'elle proscrive sans faiblesse
Et des amis et des rivaux,
Ou bien confisque leur richesse
Pour leur épargner des impôts.

21

Si vous voulez que le broc vide
S'emplisse avant d'aller à l'eau ;
Si vous voulez que sans subside
L'état prenne un éclat plus beau ;
Si vous voulez que sans semence
Dans nos champs germe le bon grain ;
Devenez donc la Providence
Et le béni du genre humain.

22

Mais malgré votre art tutélaire
Je crains que, sur terre et sur mer,
Tout, tout, ne puisse pas se faire
Sans bois, sans pierres et sans fer ;
Je crains que l'aigle, fermant l'aile,
Aux cieux ne prenne point d'essor,
Et qu'en dormant d'un profond zèle
Nous ne trouvions pas de puits d'or.

23

Ah ! que n'avez-vous pris la lyre
Au charme, dit-on, sans pareil,
Et qui toujours faisant sourire
Nous berçait d'un profond sommeil !
Si les pierres électrisées
Aux chants d'Amphyon accouraient,
Routes, châteaux, vaisseaux, musées,
Par vos accords se bâtiraient.

24

Ce fier ennemi populaire,
De titres et d'hérédités
D'un majorat héréditaire
Accepta les indignités !
Il fut sans mystère et sans honte
Sous Louis dix-huit un baron,
Et sous Charles dix un vicomte,
Et maintenant c'est un Timon.

25

Mais lorsque vint dix-huit cent trente,
Dit-on, il répudia tout,
Et malgré l'ampleur de sa rente
Il prêche pauvreté partout...
O martyre, ô triste agonie
De courir du naufrage au port,
Et de chercher toute la vie
En jetant le titre de mort !

26

Inclinez-vous, martyrs sublimes,
Vrais défenseurs de votre Dieu,
Qui sûtes devant les abîmes
Périr par le fer ou le feu ;
Si pour vos croyances chrétiennes
Vous sûtes chercher le trépas,
Timon a su, brisant les siennes,
Chercher la vie et ses appas ! ! !

27

Oui, l'on sait que ce sacrifice
Dont vous vous faites tant d'honneur
N'était qu'un honteux artifice
Pour acquérir plus de faveur ;
Que vous ne jetez la couronne
Du vicomte, sans nul éclat,
Que pour vous élever au trône
De Robespierre ou de Marat.

28

En vain, barbouillé de farine,
Comme l'Alexandre des chats,
Vous arrivez, à la sourdine,
Caresser l'appétit des rats ;
Ces vieux rats de la fable humaine
Verront fort bien, tous à l'écart,
Qu'au lieu d'une pâture saine
Vous n'êtes qu'un vieux Rodilard.

29

Croyez-moi, laissez vos libelles
Dont les traits retombent sur vous,
Laissez à des âmes plus belles
Porter ailleurs de plus beaux coups.
Puisque la marâtre nature
Vous fit un esprit destructif,
Détruisez-nous la procédure
Et le droit administratif.

30

Ah ! soyez donc plus magnanime
Et montrez plus d'humanité,
Plonger vos soutiens dans l'abîme,
C'est une lâche atrocité ;
Car si jamais la banqueroute
Pouvait chez nous s'effectuer,
C'est à vos amis en déroute
Qu'il nous faudrait l'attribuer.

31

Arago retombe des astres
Dans lesquels il se promenait,
Et ne voit plus que des désastres
Dans l'éclipse du huit juillet
Dont le soleil voile sa face,
Comme pour cacher la rougeur
Que d'avance en brûlante trace
Jette un lendemain d'impudeur.

32

Ce grand chevalier de fortune,
Successeur d'un homme qu'on dit
L'Armand Carrel de la tribune,
Surtout depuis qu'au ciel il vit,
Ledru, qui vint prendre aux assises
Un passe-port de député,
Privé par vous de cent sottises,
Rentre dans sa stupidité.

33

Le National, sans plumes
Pour couvrir son opinion,
Se fait le *journal des légumes*,
Donne au Globe indigestion [1];
Enfin toute la presse gauche
Qui se dressait comme un géant,
Dans un double *avis* qui l'embroche,
Retourne et grille en son néant.

34

Voyez entre ses acolytes,
Saisissant un *barreau défait*,
Le haut Thiers et ses satellites
Tomber sous vos coups de tranchet...
Ah ! pour eux je demande grâce,
Ne frappez plus, lâche bourreau,
N'immolez pas tout sur la place,
Laissez-en un pour... l'échafaud.

[1] Voyez le Globe du 25.

35

Voyez, nous dites-vous, la honte
Pleuvoir sur nous de toutes parts,
Et l'honneur dans sa fuite prompte
Abandonner ses étendards...
Ah! si d'une honte profonde
Sont infectés plusieurs esprits,
C'est depuis qu'à flots sur le monde
Pleut la fange de vos écrits.

36

Ah! c'est depuis que vos harangues
Osent traiter des cœurs français
Par des mots pris dans d'autres langues,
Ou de Cosaques ou d'Anglais;
C'est depuis que dans vos vengeances
Vous avez, sans frein et sans loi,
Devant de rivales puissances
Osé flétrir le peuple roi.

37

Mais les vrais amis de la France
Au cœur brûlant d'un noble élan,
Lui laissent toujours l'espérance,
Même en marchant sur le volcan;
Et si ses fils sont en discorde,
Ils viennent verser dans leur sein
Le pur amour de la concorde
En leur tendant à tous la main.

38

Et si la France est menacée
D'une nouvelle invasion,
Loin de prêcher, âme insensée,
L'émeute et la division,
Pour que son courage grandisse,
Dans un langage fier et doux
Sachez lui dire avec justice
Qu'elle peut lutter contre tous.

39

Avant d'être légitimistes,
Opposants ou républicains,
Conservateurs, bonapartistes,
Sachons tous être citoyens;
Brisons nos haines homicides
Et ne soyons pas, sous les cieux,
Des démons aux cœurs régicides
Quand nous pouvons être des dieux.

40

Assez nos fers dans nos poitrines
Ont percé nos cœurs irrités,
Assez nos fureurs intestines
De sang ont rougi nos cités;
Dans le sein de la France en larmes
Voilée à nos coups déchirants,
Hélas! ne plongeons plus nos armes
Et ne frappons que ses tyrans.

41

Honte à ces fils, race maudite,
Qui pour acquérir des trésors
Ou quelque gloire parasite,
Viennent briser tous ses essors ;
Qui, frappant l'une et l'autre joue,
Disent défendre le pays
Quand ils le traînent dans la boue
Et le jettent aux ennemis.

42

Qui loin de présenter puissante
La France à vingt peuples divers,
Disent qu'elle est toute tremblante
Et prête à supporter leurs fers,
Et que pour réduire en poussière,
Plonger dans l'éternel néant
Cette reine jadis si fière,
Ils n'ont qu'à lui jeter le gant.

43

Honte à tous ces lâches apôtres
Qui, pour arriver à leur but,
Toujours sur la perte des autres
Viennent ériger leur salut ;
Qui pour fonder leurs républiques
Et leur infâme Liberté,
Toujours des misères publiques
Bâtissent leur iniquité.

2.

44

Honte à ces pilotes sauvages
Qui, pendant que les flots aigris
Pressent les flancs des équipages,
Sèment l'effroi dans les esp its;
Qui, loin de chasser l'épouvante
Ou bien d'apaiser la douleur,
Montrent la mort trônant vivante
Et vont exploiter le malheur.

45

Mais ne crains rien, ô ma patrie!
Tu portes encore en tes flancs
Des fils à l'âme non flétrie
Et pleins des plus nobles élans;
Leur amour saura te défendre
Contre les piéges suborneurs
Que, chaque jour, viennent te tendre
Mille infâmes empoisonneurs.

46

Comme le dit leur cœur barbare,
Non, non, prête à subir l'affront,
Non, sous le sang qu'on te prépare,
Non, tu ne courbes pas ton front;
Que ta gloire sans peur sommeille,
Lionne aux transports souverains;
Si l'Europe entière t'éveille,
Tu sauras lui casser les reins.

47

Ils reluiraient ces jours de gloire,
Quand tout craignait tes étendards ;
Il irait ton char de victoire
Broyer encor le front des Czars.
Partout de ta riche auréole
Brillerait l'éclat sans pareil,
Car de Juillet à chaque pôle
Rayonnerait le beau soleil.

48

Oui, oui, toujours tes destinées
Rayonneront de saints éclats,
Reine qu'on vit, quarante années,
Bouleverser tous les états,
Lorsque trônant sur tous les trônes
Ton peuple dieu brisait les rois,
Et que des débris des couronnes
L'aigle leur foudroyait des lois.

49

Que peuvent contre ta puissance
Tous les peuples de l'univers,
Quand dans une sainte alliance
Tous tes fils brandissent leurs fers?
Grondant, quand se tait ton tonnerre,
Si ta voix le fait raisonner,
Rampants comme des vers sous terre,
Soudain on les voit frissonner.

50

Guidés par cinq *enfants sublimes*,
Qui pour berceaux ont des canons,
Oui, par des exploits magnanimes
Nous bâtirions des Panthéons;
Et si la fable, ensevelie,
De faux dieux peuplait de faux cieux,
Nous fonderions une patrie
Où l'on trouverait de vrais dieux.

51

Voilà ce que ferait la France.
Dont vous enchaînez les élans,
Et ce qu'en leur toute-puissance
Feraient ses fils tout triomphants :
Et puis cette France immortelle,
Pour s'élever jusques au ciel,
Créerait la paix universelle
Pour son empire universel.

52

Donnez, hommes aux grandes âmes
Qui mettez de nobles grandeurs
Au-dessus des plaisirs infâmes,
Donnez votre or pour des honneurs,
Et méprisez ces cœurs de roche
Qui, comme de honteux pourceaux,
Mettent le génie... à la broche,
Et la gloire... dans des caveaux.

53

Payez pour soutenir la gloire
De cet empire tout-puissant
Et faire vivre sa mémoire
Dans un avenir menaçant ;
Près d'une mère non ingrate
Ces dépenses se trouveront,
Et si jamais la guerre éclate,
Nos ennemis nous les paieront.

54

On veut par deux *avis* perfides
Prouver que la France est en deuil,
Et que sans quelques régicides,
Pauvre elle descend au cercueil !
Moi, par un *contre-avis* plus juste,
Je viens prouver à tous les cœurs
Que la France est riche et robuste
Et ne peut craindre de vainqueurs.

AUX ÉLECTEURS.

55

Électeurs, soyez insensibles
A tous les criminels appâts
Qu'à vos âmes incorruptibles
Vont offrir d'impurs candidats,
Et prenez garde à la mitraille
Et de champagne et de bordeaux,
Qui dans ce grand jour de bataille
Va jaillir de tous les tonneaux.

56

Méfiez-vous bien des *visites*
Et des lâches *recensements*
Que des corsaires hypocrites
Feront dans tous vos bâtiments ;
Là, la révolte est légitime,
De *vos voix* gardez les impôts,
Là, vous pouvez frapper, sans crime,
Contrehumans et *Contreguizots.*

57

Méprisant l'*avis* homicide
De ce fier vicomte apostat,
Prenant l'honneur pour votre égide,
Sachez, Français, servir l'état ;
Repoussant toutes influences,
Dans vos nobles élections
N'écoutez que vos consciences,
Voilà vos saintes missions.

58

Privez de vos mandats civiques,
Tous ces zélés réformateurs,
Ces Érostrates politiques,
Ces doucereux septembriseurs,
Tous ces géants de la *montagne,*
Qui, pour charmer leurs gais festins,
Mêlant le sang et le champagne,
Veulent niveler les humains.

59

Oui, chassez les vendeurs du temple :
Ceux qui parlent par leur clocher,
Ceux qui par un plus vil exemple
Pour eux toujours viennent prêcher,
Ceux qui furettent la dépense,
Ceux qui votent sous leurs rideaux
Et ceux qui font de l'éloquence
Avec des manches de couteaux,

60

Redoutez les offres perfides
De ces *illustres* candidats,
Et les vertueuses Armides
Qu'on va lancer dans les combats ;
Car, pour *l'honneur* de la patrie !
Dans les plus cyniques accords,
Les vins, les mœurs et l'infamie
Partout vont couler à pleins bords !

61

Craignez ces séduisantes femmes
Dont, malgré d'injustes mépris,
Les éclairs qui lancent les flammes
Sont les esprits de nos esprits ;
Elles englobent à leurs moules
Quoique tout soit bien arrêté,
Et nos bulletins et nos boules,
Dans les échecs... à l'écarté.

62

Oui, sachez tous luter en braves
Contre ces vils quêteurs de voix,
Le matin très-humbles esclaves,
Et le soir très-superbes rois ;
Et loin d'honorer de vos votes
Ces Timoniers au cœur serré,
Sachez leur donner de vos bottes
Dans ce qu'ils ont de plus sacré.

63

Oui, rejetez les Don Quichottes,
Rejetez les Machiavels,
Rejetez les Iscariotes,
Rejetez les petits Cromwels,
Rejetez tous les gastronomes,
Rejetez tous les Harpagons,
Rejetez tous les marchands d'hommes,
Brisez enfin tous les Timons.

64

Mais revenons à cet ouvrage
Qu'en vain rejettent mes efforts,
Comme un coupable dans sa rage
En vain rejette le remords,
Poursuivant partout sur sa trace
La vipère aux noirs aiguillons,
Tâchons même en mourant sur place
De lui ravir tous ses poisons.

65

Si ce double *avis* satanique
Ne nous éclaire nullement,
Du moins a-t-il le sel attique,
Pour nous servir d'amusement ;
Ah ! non, ah ! non, non, c'est fort bête,
Personne ne niera le fait ;
Mais voici sa queue et sa tête :
1, 2, 3, 4, 5, 6, 7.

Le lecteur peut s'assurer que ce qui va suivre n'est pas du tout une charge de l'ouvrage de M. Timon, qui répète continuellement les exclamations : *Ah ! non, mon Dieu, non ! hélas ! non*, ainsi que les mots : *C'est trop, beaucoup trop, cent fois trop !* et énumère tous les noms des pays ainsi que de leurs gouvernants. S'il y a du ridicule, ce n'est donc pas notre faute. (Voyez l'*Avis*, pages 31 à 35.)

66

Ah ! si tout, tout sommeille et souffre,
Dit Timon, à l'intérieur,
Ah ! du moins tout, tout, dans le gouffre
Ne va-t-il à l'extérieur !!
Sommes-nous bien sur la terre
Avec les peuples et les rois ?
Et sommes-nous sur un cratère,
Près de bondir tous à la fois ?

67

Oui, sommes-nous bien en Espagne ?
Non, hélas ! mon Dieu, non, hélas !
Sommes-nous bien en Allemagne ?
Hélas ! mon Dieu, non, non, non pas,
Sommes-nous bien dans la Prusse ?
Mon Dieu, non, hélas ! non, morbleu,
Sommes nous bien dans l'état russe ?
Non, non, non, sacr. n.. de d...

68

Sommes-nous bien en Afrique,
Dans le Brésil, en Portugal?
Sommes-nous bien dans l'Amérique,
Dans la Pologne, au Sénégal?...
Hélas! mon Dieu, non, de la France
Tout conspire les revers,
Tout, tout, avec persévérance,
Veut l'effacer de l'univers.

69

Sommes-nous bien sur cette scène
Avec le bey de Tripoli,
Boyer, Tyler, duc de Modène,
Le Grand Turc, Méhémet-Ali?...
Sommes-nous bien avec le Pape,
Saint que jadis j'honorai...
Ah! non, Français, tout vous attrape,
Répondez, *ah! n'est-ce* pas vrai?

70

Ah! oui, oui, oui, oui, oui, sans doute,
C'est vrai, nous le reconnaissons,
Ah! oui, vous êtes bien en route,
Beaux deys, turcs, beys sont nos poisons,
Ah! oui, c'est de quoi faire braire
Les ânes les plus enrhumés...
Ah! non, vous ne pouvez vous taire
Qu'après nous avoir assommés [1]!!!!

[1] On nous pardonnera, sans doute, si pour l'harmonie mitative, nous avons fait quelques *iatous*.

71

Et puis, dites-vous, l'Angleterre
Oppresse sous un joug mortel,
Sur mer ainsi que sur terre,
Bengale et le Coromandel,
Ceylan, la reine des épices [1]
Et la patrie, aux jours si beaux,
Des huîtres et des écrevisses,
Des autruches et des chameaux!!!

72

Enfin, enfin, elle possède
Mille et mille possessions,
Et votre France à tout accède,
Donne des bénédictions!!
Laisser ce torrent sans limite,
« C'est trop! c'est trop! c'est trop! trop, trop. »
Oui, oui, oui, oui, c'est trop, trop vite;
Car tous ces trop vont au galop!!!

73

Oh! par ces brillantes tirades
De mots toujours hurlants entre eux,
Oh! par les superbes ruades
De vos ah! non, oh! trop, pompeux,
Oh! par ces grands mots à fortune
Qu'en votre gigantesque élan
Vous prenez jusque dans la lune,
Vous éclipserez... Petit-Jean!!!

[1] Ce vers appartient tout entier à l'Avis, voyez page 33.

74

Ah! devant ces beautés splendides,
Courbez-vous, nobles renégats,
Grands enfanteurs de régicides,
Terreurs du Ciel et des États;
Incline-toi, sainte phalange
Du Parnasse et de *Montfaucon*,
Éclipse-toi, *chute d'un ange,*
Éclipse-toi, chute... sans nom!!!

75

Je sais qu'ici le pot de terre
Lutte contre le pot de fer,
Et que la rime, terre à terre,
Combat la prose de l'enfer;
Mais je triomphe quand je songe
Que la plus simple vérité
Du plus emphatique mensonge
Confond toujours l'impiété.

76

En vain, brillant par son écorce,
Mais tout maladif en son creux,
Le chêne orgueilleux, mais sans force,
Lève son front majestueux;
Le ciron, qui sort de sous l'herbe,
Creuse les flancs de ce géant,
Et bientôt mort, ce dieu superbe
Croule à jamais dans le néant.

77

Oui, de ma rime en hâte éclose,
L'argile où vit la vérité,
Brisera de ta vieille prose
L'airain où gît la fausseté ;
Et c'est bien assez pour mon âme
Que huit cents vers faits en cinq jours,
Du torrent de ta fange infâme
Arrêtent le lugubre cours.

78

On me pardonnera sans doute
Le désordre de mes assauts ;
Car l'on peut voir que dans la joute
Tous deux nous faisons de fiers sauts ;
Quand on répond à des sottises
Dont est plein l'*avis* enchanteur,
On peut lâcher quelques bêtises
Pour s'abaisser à sa hauteur.

79

Dans notre morgue politique,
Très-orgueilleux représentant,
L'ardente et méchante chronique
Vous dit très-faible combattant !
Mais si du haut de la tribune
Nous vîmes tomber l'orateur,
Par un doux retour de fortune
Nous verrons mourir le penseur.

80

Vous me soutiendrez que la presse
A consacré tous vos travaux ;
Mais quand on palpe la richesse
On peut avoir des oripeaux ;
Dans ce siècle où l'esprit s'achète
Et se divise en actions,
On ne peut jamais être bête
Lorsque l'on a des millions.

81

Et votre presse au fiel impie
Ne sait louer que les forfaits,
Et dans les égouts accroupie
Elle salit tous les bienfaits ;
Son fer brûle tout ce qu'il touche,
Et le mensonge, en vain fardé,
S'échappe à longs flots par sa bouche
Ainsi qu'un torrent débordé.

82

Elle a creusé tous les abîmes
Ouverts ou fermés sous nos pas ;
Elle a produit tous les grands crimes
Dont s'épouvantent les états,
Et si l'enfer qu'elle recèle,
Ne pouvait sur terre exister,
Satan, s'accouplant avec elle,
Vient de le lui faire enfanter.

83

Ah ! si pour en purger le monde
Et le sauver dans l'avenir,
Ma colère sainte et profonde
Pouvait d'un coup l'anéantir,
Bénissant ma céleste épée
Qui brise à jamais l'Antechrist,
Oui, d'une *divine épopée*
Je me croirais le Jésus-Christ.

84

Vous vous taisez, dit votre presse,
Donc vous approuvez mes *avis*.
Mais pour répondre à la bassesse
Ne suffit-il pas du mépris ?
Puis c'est pitié, le cœur se navre
De jeter l'insulte et le deuil
Sur un corps brut, sur un cadavre
Tout étendu dans son cercueil.

85

Mais cependant quoique vous-même
Vous vous soyez déjà broyé,
Et que sous un juste anathème
Partout vous soyez foudroyé,
Afin d'honorer votre tombe,
On veut bien tirer du fourreau
Un glaive qui de nos mains tombe
Et vous brise de son pommeau.

86

Oui, l'on répond et l'on vous prouve
Mille lâches additions,
Et de surcharge l'on y trouve
Trois cent trente-trois millions [1];
Oh ! pour cette erreur, bien *pensée,*
Si votre gloire, sans appas,
Avait été moins haut placée,
On vous aurait traîné plus bas.

87

Vous avez *bâclé,* dans une heure,
Dites-vous, un second *avis,*
Pendant qu'on était en demeure
De répondre au premier émis ;
Mais on peut répondre sans peine,
Lorsqu'à de premiers zéros faux
Avec une emphase hautaine
On vole de plus faux zéros.

88

Ah ! dans votre forfanterie,
Drapé d'un orgueil inouï,
Vous faites de la raillerie
Par des *ah ! non !* et par des *oui...*
Si, dans ses effrayantes courses,
Votre cervelle a peu d'esprit,
Elle contient toutes les sources
Pour s'écouler en déficit.

[1] Voyez le Messager du 22 juin, et les journaux conservateurs qui relèvent encore d'autres faussetés.

89

Quoi ! vous prenez l'indépendance
Pour saisir l'instrument de mort,
Et dans le cœur de notre France
Vous le plongez sans nul remord !
Et comme ce tigre de Rome,
Semblant le laisser triompher,
Vous déchirez le cœur de l'homme
Et l'embrassez pour l'étouffer ! !

90

Enfin, ce roi des pamphlétaires,
Pour porter des coups éclatants,
Ainsi que nos robert-macaires
Ou nos illustres charlatans ;
Pour ressasser le ridicule,
Et l'or et la honte et les *voix*,
Donne à deviner, sans scrupule,
Ce qu'il a répété vingt fois :

91

Savez-vous quelle catastrophe,
Plus noire que tous les fléaux,
Je vois, en sombre philosophe,
Fondre sur vos fronts à longs flots ?
Je retiens le monstre en ma bouche !
Il sort ! gare, je l'ai craché !
Mais non, votre esprit en accouche,
La banqueroute ! c'est lâché ! ! ! ! !

92

« La montagne, en travail d'enfant,
Jetait une clameur si haute,
Que chacun, au bruit accourant,
Crut qu'elle accoucherait, sans faute,
D'une cité plus grosse que Paris,
Elle accoucha d'une souris. »
Mais chez vous, battant la campagne,
L'humble souris de la *montagne*
Enfante une montagne-avis.

93

Ah ! malgré la juste colère
Qu'excite un but alarmant,
Pour un insuccès salutaire
Recevez mon remercîment.
Oui, comme d'éloquentes oies
Jadis sauvèrent les Romains,
L'*avis*, en excitant nos joies,
Nous sauvera des médecins.

94

Et sous vos lauriers tout s'englobe :
La *presse* excite des *débats*,
Les *messagers* courent le *globe*
Pour célébrer vos fiers combats.
Si les Césars, les Alexandres,
Morts, illustrent le Panthéon,
Vivant et devançant vos cendres,
Vous illustrerez... Charenton.

95

Mais au fourreau mettons le glaive,
Et jetons les crêpes de deuil,
Le criminel gît sur la grève ;
Ne frappons pas sur un cercueil.
Déjà les accents de la France
Nous convoquent aux grands congrès :
Français, sans haine et sans vengeance
Allons prononcer nos arrêts.

96

Oui, comme l'âme pour tous prie
A la sainte communion,
Lorsque notre auguste patrie
Vient rassembler la nation,
Que l'amitié toujours plus forte
Unisse nos cœurs fraternels,
Et laissons la haine à la porte
En approchant les saints autels.

97

Oui, oui, sans fiel je vous pardonne
Vous tous qu'a frappés mon courroux ;
Et si, sans haine pour personne,
Vous-mêmes vous cessez vos coups,
Sans abaisser ma conscience,
Je viendrai, vous disant mon nom,
Pour effacer toute l'offense,
Vous demander un saint pardon.